보리수아래 감성작가 공동시집

10인10색

희망의 꽃을 피우다

고명숙 김영관 외 8명

도서출판 해조음

희망을 꽃피우다

"10인10색, 희망의 꽃을 피우다"를 발간하며

농부는 봄에 씨를 뿌려 키워 여름 지나 가을이면 열매를 맺습니다. 보리수아래도 가을의 시작을 미리 알리는 입추를 지나며 보리수아래 감성작가 공동시집 "10인10색, 희망의 꽃을 피우다" 발간의 결실을 맺습니다.

보리수아래에는 문학, 음악, 미술 등 문화예술을 하는 장애예술인들이 많습니다. 이들은 어려운 현실에서도 치열한 노력과 다양한 활동으로 자신을 성장시키고 몸과 마음 지쳐있는 사람들에게 위로와 희망을 주어왔습니다.

이들 중에 자신의 문학에 대한 열정과 꿈을 키워온 장애 작가들의 시와 수필을 모아 일상에서 세상과 나누었던 희망과 행복 메시지로 전하는 공동시집 발간을 합니다.

이 책에 참여하는 작가들은 뇌병변장애를 가진 10인의 시인과 수필가입니다. 이들은 장애와 비장애를 떠나 지역사회에서 작가로 폭넓은 활동을 하면서 미얀마, 베트남, 일본, 인도네시아의 아시아지역 장애 작가들과 아시아 장애인 공동시집으로 해외 교류까지 하고 있습니다.

각기 다른 자신의 색깔을 가진 장애작가 10명의 신작시 63편과 수필 4편 총 67편을 모아 엮은 작품집입니다. 장애 작가마다 문학적 색깔이 잘

드러나고 일반 독자들에게 감동을 줄 수 있는 서정적 작품을 가려 뽑았습니다, 그리고 계간지 국제문단에 일반 작가들을 대상으로 수필형식의 짧은 작가평론을 써오고 있는 조남선 시인(국제문단 발행인)이 마음을 내서 수록 작품에 대한 소참법문 같은 평설을 썼습니다.

책을 읽을 모든 독자에게 "10인10색, 희망의 꽃을 피우다"라는 제목과 같이 희망과 사랑, 그리고 위로의 꽃을 선사하리라 기대해 봅니다.

아름다운 시심을 엮어 의미 있는 작품집을 발간하도록 후원해주신 한국장애인문화예술원에 깊은 감사를 드립니다.

그리고 보리수아래 작가들 모두에게도 감사하며 활발한 창작 활동으로 행복한 작가가 되길 바랍니다.

2024년 7월
보리수아래 대표 최명숙

◉ 차례

6

고명숙 시인

오늘은 똑 똑 똑
놀다
박치기
큰오빠의 회상 하나
계단몽
나는 그날을 잊잖아요
계몽 계시

1974년생
솟대문학 1회 추천 1999
보리수아래 공동시집 내가 품은 계절의 진언 시 수록
보리수아래 시낭송 다수 참여
보리수아래 꽃과 별과 시 음반 작사 수록
장애인문학협회 작은 신들의 이야기 동화집 수록
개인시집 〈우리사랑〉

오늘은 똑 똑 똑

인간의 삶들의 한 시대를 한 편의 영화로
영화를 한 곡의 음악으로
음악을 한 사람이 얼음 위에서 펼치는 운동으로
눈물이 흐르도록 슬프게
두 눈이 감기도록 잔잔하게
눈 길이 빛나도록 아름답게
승화시키고 감동시키는
예술의 예술의 예술이야
똑 똑 똑
노크하듯 그대에게 떨구고 말았다
깊은 고독과
더 깊은 그리움과
그보다 더 머언 애상들
그대의 으뜸에 으뜸이 포개어진 보물로 가슴이 뛰어
똑 똑 똑
노크하듯 그대에게 전할 수 있었다
간간이 따로이 나만이 헤메어 추억하다가
때때로 별개로 홀로 찾아서 달래보다가

놀다

우리랑 놀 적에 우리의 몸과 마음에 재미와 신바람이 가득가득 채워지고 스트레스가 확 풀리고 신진대사가 원활해지길 바라며 놀게 된다면 유난일까요

아니겠죠 당연한 바람이겠죠우리랑 놀 적에 야호 하하하 호이호이 우리에게 집중하여 놀면서도 작은방에 혼자서 감지하고 구경만 하고있는 사랑이도 같이 놀았으면 거실로 큰방으로 뛰어나와 껴들거나 작은방 문지방까지라도 가까이 나와 빼꼼빼꼼 내다봤으면 하고 바란다면 산만함일까요 아니겠죠 당연한 바람 맞죠

우다다 우다다 휙휙 사냥감으로 대하지는 결코 않지만 나와 놀아주려 장난감을 아주 살짝만 건들고도 우다다 우다다 휙휙 달려갔다 와주는 우리 우당탕 우당탕 쿵쿵 먹잇감이라 던지지는 결코 않지만 우리와 놀고싶어 팔다리 있는 힘껏, 휩쓸어도 우당탕 우당탕 쿵쿵 짓찧어도 괜찮은 나, 우당땅 우다다 우리와 놀다가도 사랑이도 불러보는 나는

쿵쿵 휙휙 우리와 놀면서도 사랑이한테로 불쑥 다가가는 나는

어릴 적 작은 오빠랑 치고 박고 놀다가 나한테도 달려와준 큰오빠도 되고 어려서 큰오빠랑 쫓고 쫓기며 놀다가 내게로도 파고들던 작은오빠도 되요

박치기

스르르 스윽 쿵
가릉가릉 쿡 쿵
다정도 고양이인 양 하여라
오가며 가로질러 스치는 밀착에
부딪쳐 쏟아붓는 정수리 한방에
보잘것없던 나 영웅이 된 것 같아
인덕없던 내가 은인이 된 것 같아
얌통머리없이 단단한 욕심들에 시퍼렇게 질린 멍
폭신한 양통머리 문질문질 순심에 옅어지고 말아

큰오빠의 회상 하나

국민학교 4학년 시절
갓 입학한 세 살 아래 남동생 데리고 같이 가는 등교길
가방 속에 책은 공책은 연필은 책받침은 지우개는…
잘 들어 있냐고 물어보며 챙겼단다
다섯살 아래 여동생은 누워서 떠듬대도
오빠 공부 잘하라고 그렇게 챙겼겠지
학교 가기 싫어 꿈지럭거리는 남동생은
여동생 말동무를 핑계삼아 늑장부리다
엉아의 한층 엄해진 재촉에
무거운 걸음 걸음 마지 못해 따라 나서고
집으로 돌아와서 여동생을 보면은
'누가누가 잘하나' 소리에
누워서도 들썩이며 신났었단다
오빠들이 돌아와 놀아줄거라 그렇게나 좋아했겠지
내가? 내가 그랬어? 그랬었다고?
음 음 내가 그때 그랬구나 그랬었구나

계단몽

일층에서 이층으로 올라가는 중간층
나만이 너를 볼 수 있었다
이층에서 삼층으로 올라가는 중간층
네가 잡은 약속을 기다렸다
삼층에서 사층으로 올라가는 중간층
나를 보지 못했어도 나라 느꼈겠다
아니면 더이상 올라갈 층 없는 곳
네 속에서 나를 내 속에서 너를 알아보고
기다리며 내 맘 속의 너를 무심히 흘리고
노래하곤 네 맘 속의 나를 유심히 묻는다
시멘트 벽을 향해 앉을 듯 말 듯 구부정하게
시멘트 바닥에 앉을 듯 말 듯 쪼그려
왼쪽으로나 오른쪽으로나 고개를 돌려
너는 나에게 시선을 말없이 주었다
네가 내게 다가온 그 시멘트 구역은 엄하고
내게 향해 주는
반계단 쯤 솟아오르나 내려간
너의 미간을 해석하느라 나는 쩔쩔매다
걸터앉았는지 주저앉았는지 모를 바닥만
손시리게 짚어보며 식은땀을 식혔다

나는 그날을 있잖아요

두근두근 설레며 믿고 있어요
당신 마음을 내게 온전히 다 주었다고 말예요
우연히 정해진 건 아닐 거예요
당신이 세심히 선택한 일진이지요
그 옮겨진 시각조차도 예사는 아냐
가지 못하는 나와 오라 못한 당신이
환하게 반기고 따뜻하게 마주하기 위해서죠?
마니또 짝꿍을 대하듯이 친절하게 친근하게 잘 대해주려고
파르르 떨릴 풀잎에 사르르 햇볕 내려주고 싶었죠?
고마워요 다 알아요
오랜 궁금증이 소록소록 소르르 풀어져 위로받아요
가슴에 달렸을지 잠시 손에라도 쥐어졌을지 에라 모르겠던 시절들은
이만 툭 떨어뜨릴래요
푸푸 푸르르 입김같은 꽃잎사귀 하나도 고이고이 받쳐 잘 전해졌을 테
니까

계몽 계시

노오란 봄잎이 바람 타고 흰구름 사이에서 날아늘던 날늘
새하얀 알에서 엄마닭의 가슴에서 병아리가 깨어나오던 시간들
젖을듯 마를듯 적실듯 말릴듯 하늘거리다 푸닥거리다 말던 세월들
오목조목 다부진 그대와 예전에 없어진 그곳에 다시한번 들어서보고 싶
던 망상들
밟고도 밟지 못했고 거닐고도 거닐지 못했던 별궁터
그대와 그 고운 흙길 나, 한번 밟고 거닐고서 비밀스러운 영정이 깃든 덕
담을 대견해서 승계하듯 불쌍해서 되돌려주듯 진심으로 나누고 싶던 미
래의 데자뷰들
딛고도 딛지 않았고 오르고도 오르지 않았던 꽃궁터
나와 그 높은 단길 그대, 한번 딛고 오르고서 애교스러운 미소로 피운 한
송일 무서워서 주저하듯 수줍어서 쭈뼛거리듯 동심으로 보이고 싶던 못
다핀 옛추억들
지지직 상을 맞추는 스크린 속에는 잿빛 옷 잿빛 머리 물에 어른어른하
지만 고인 눈물까지야 차마 섞지 못하고 띄워 놓아 슬프게 그리는 별이
되었고, 그 별을 기리라 속세 끈이 잘려나가고 밀려나가 그대만의 하늘
별궁 속으로 밀려들어가고 잘려들어갔나보다
그대 없는 없어진 그곳, 이미 사라졌고 이젠 그대마저 함께할 수 없는
곳, 그 터에는 오랜 별궁도 피고지는 꽃궁도 기특하고 짠하여 더 선택해
꽃병에 담아 주었을 법한 카네이션의 붉은 마음도 그마음 전하고 전해
받았단 풍문도 모두 닫혔다.....

김영관 시인

보고싶다
어느 1월의 아침
복잡하다 삶이
노래를 한다
고장난 컴퓨터
놓아지지 않는
친구들아

1984년의 생
보리수아래 핀 연꽃들의 노래공연 시낭송으로 3회참가
음반(시, 그대 노래로 피어나다)에 작사가로 참가(2017년)
아시아장애인공동시집 (한국 - 베트남)참여
음반 (꽃과 별과 시)에 작사가로 참가,(2019년)
대한불교조계종신행수기 공모에서 중앙신도회장상 수상(2019년)
아시아 엔에 월 1회 시 게재(아시아기자협회)
개인시집"시에는 답이 없어 좋다"

보고 싶다

문득문득 보고 싶어진다
하루 종일 온갖 핑계거리로
뛰어다니던 내가

뜬금없이 생각난다
노래방만 가면 잘하지도 못하던
노래을 랩가사만 숨넘어가듯
따라부르던 내가

생각난다
마냥 다른 생각없이 좋아서
꽁무니 졸졸 쫓아다니며 얼굴 한번 본다고
피곤함을 마일리지 쌓듯 쌓던 내가

이제는 추억이 돼버린
내가…네가…
그립다 보고 싶다

어느 1월의 아침

새해의 아침이 조금씩 조금씩
창문 유리 사이로 삐져들고 있을 때쯤
나는 깨끗한 몸으로 108배를 끝냈을 무렵

베란다 너머로 들려오는 쓰레기 차소리 찌이잉 척!
자연스럽게 땀에 젖은 옷을 갈아입고
헬스장에 갈 준비를 한다

다른 날과, 아니 다른 달과, 아니 다른 해와
크게 다름이 없이
매일이 그렇하듯, 매달이 그렇하듯, 매년이 그렇하듯
크게 다름이 없이

마치 고장난 로보트처럼
똑같은 행동을 하는데
그 행동이 형식에 갇혀 있지 않고

그때 그때
어디로 어떤 식으로 얼마나 하는지
알 수가 없네

하지만 이 모든 크고 작은 움직임에
목적은 항상 똑같네

내일 향해 달릴 준비를 하고 있네
남들보다 조금 많이 늦어
더 튼튼히 더 단단히
준비하기 위해 조금 더딜 뿐이네

어느 1월 1일 새해 아침 눈부신 햇살에
마냥 기분좋게 웃으며
또 달릴 준비를 열심히 하고 있네
나는

복잡하다 삶이

삶이란 답이 없다
삶이란 짜여진 틀도 없다
삶이란 뒤가 없다
삶이란 정해진 미래가 없다
삶이란 같음이 없다

삶이란 내 뜻대로 되는 건 하나도 없다

누가 그러더라 노력하면 된다고
누가 그러더라 기도하면 된다고
누가 그러더라
누가 그러더라
답없이 사는 게 답이라고…

노래를 한다

노랫말을 흥얼거린다.
무슨 노래인지

혼자 웃으며
기분 좋게 흥얼거린다

생각도 없이
뭐가 그리 좋은지 흥얼거린다

즐겁게 걱정없이 고민없이
흥얼거리는 내가 좋다

고장난 컴퓨터

이놈의 머리는
고장난 컴퓨터

눈은 상대방 표정을 잘못 읽어
화을 일으키고

머리는 상대방 말을 잘못 이해해
산과 같은 겁을 먹고

몸은 착한 머리 때문에 긴장되
경직돼 굳고

입은 착한 머리에 정확한 판단 덕에
나를 아주 정신 나간 사람 만들어 모두들
피하게 만들고

어느새 똥이 무서워 피하냐 더러워 피하지 라는 말에
똥이 내가 되어

좋아지겠지 라는 기대감에 살아가다 보니

주위에 사람은 없네
주위에 사람들이 힘들어 떠나가네..

적만 자꾸 자꾸 늘어가고
아무도 이해하려 아니
관찰하려 않네…

놓아지지 않는

놓아야 하는데…
내가 놓아줘야 하는데…

미련맞게
혹시나 하는 마음에
잡아주는 말 한마디에 다시

움켜진다…

얼굴은 점점 두꺼워지고

마음은 점점 무거워지고

참 바보같다

오늘도 다시 꽉 움켜진다

친구들아

글쎄 아직도 어렴풋이 생각이 난다
웃고 떠들던 그때가

그립고 그립다
몸서리치게 사무친다 그때가

그때 그 친구들이 있어 든든했고
세상 무서운 거 없이 큰소리 펑펑 쳤었는데

지금의 내모습은
너무 창피하고 멍청해 다가가지도
주위에서 맴돌지조차 못하고

오히려 불안함에 무서움에 나오는 헛소리에
정신적으로 또 그때문에 육체적으로 피해만 주는것 같네.

끝나겠지 끝나겠지 하는 생각은 끝을 모르고
안고 살아가네…
미안하다 친구들아…
미안하다 친구들아…
미안하다 친구들아…

성인제 시인

따뜻한 재회
하얀 이별
하얀 아이
달콤 따뜻한 눈
독백
그대 느낌
봄 바람

1969, 경기 김포 출생
한국방송통신대학교 졸업
보리수아래 핀 연꽃들의 노래 공연으로 작품 활동 시작
보리수아래 10주년 공동시집「단 하나의 이유까지」에 참여
아시아장애인공동시집-한국-베트남 편에 참여
보리수아래 감성 시집1 〈행복한 기다림〉
보리수아래 감성 시집11 〈당신을 닮은 오늘〉

따뜻한 재회

다시 그대는 따뜻한 향기로 다가오고 있고
그동안 머물던 하얀 계절은 저 멀리 떠나고
이제는 정들었던 하얀 아이와도 이별을 준비한다
오늘 따뜻한 그대가 온다는 소식에 마음 따뜻해집니다
하얀 아이와의 이별은 슬프지만 따뜻한 그대를 만날 생각에
가슴은 따뜻하게 설레입니다
이제 하얀 계절은 하얀 아이와 함께 먼 여행을 떠나 아쉽지만
곧 꽃바람 타고 올 그대를 만날 생각에
마음 따뜻한 설레임이 가득합니다

하얀 이별

계절은 이렇게 깊어만 갑니다
따뜻한 벙어리 장갑을 끼고
당신과 손을 잡고 걷던 그 길도
이제는 추억의 뒤안길로 사라질 것입니다
왜냐하면 저 멀리서 꽃 바람 가득싣고
그대가 올 준비를 하고 있으니까요
하얀 눈도 꽃 바람 불면 샤르르 녹고
그 눈으로 만든 겨울아이도 아주 먼 곳으로
여행을 떠나겠지요
겨울아이야 보고싶을꺼야 꼭 편지하렴
이제는 하얀 계절 그리고 겨울아이와 이별을 준비합니다

하얀 아이

겨울아이가 되었습니다
겨울을 좋아하는 그런
눈사람을 좋아하는 그런
겨울아이가 되었습니다

마음이 하얀아이가 되었습니다
티없이 맑고하얀 그런
수정처럼 투명한 그런
하얀마음의 아이가 되었습니다

동장군과 눈싸움을 하고
깊어가는 겨울이야기를 나누는
수정처럼 맑고 투명한 그런
하얀 겨울아이가 되었습니다

달콤 따뜻한 눈

눈이 내립니다
그대는 소리없이 내곁에 와
하얀 눈을 살포시 뿌려줍니다
따뜻한 솜이불처럼 내리는
그 눈은 차가운 마음을 포근히 감싸줍니다
오늘은 하얀 계절
포근하고 달콤한 솜사탕이 내립니다
달달하고 따뜻한 행복이 하얗게 내려
상처받고 지친 마음을 꼬옥 안아줍니다

독백

독백을 한다
나는 항상 독백을 한다
중얼중얼 혼잣말을 한다
외로움을 잊기 위해 혼잣말로
중얼중얼 행복한 혼잣말을 한다
따뜻한 상상을 하며 즐거운 독백을 한다
중얼중얼 독백을 하면 나는 행복해진다
나는 중얼중얼 늘 행복한 독백을 한다

그대 느낌

그대는 그렇게 다가왔다
따뜻한 느낌 가득 안고
오늘은 가기 싫다 투덜대는 동장군을 위로하며
멀리서 다가오는 그대를 마중갑니다
오늘은 정든 하얀 아이를 배웅해주고
내일은 훈훈한 그대를 마중하러 갈 것입니다
부는 바람에 살짝 그대가 느껴집니다
오늘은 어제보다 따스함이 가득합니다
아마 그것은 그대가 이미 내 마음에 와있기 때문일 것입니다
어서 내일이 왔으면 좋겠습니다
설레는 마음으로 그대를 마중 할 수 있는 내일이

봄 바람

바람이 분다
사랑의 바람이
그대 향기 가득한
달콤한 바람이 분다
사탕 맛 한 가득
따뜻한 바람이 분다
시린 마음을 녹여줄
바람이 분다
사랑 향 은은한 바람이
달콤하고 따뜻한
바람이 분다

성희철 시인

●

모교에서
수영중학교에서
위로
착한 어른
초코파이
책방골목
타로 가드

1975년생
사회복지사
장애인식개선 강사(2015- 현재)
39기 생명의 전화 상담봉사원(2016-2019년까지)
• 수상경력
부산뇌병변복지관 감성과 소통 최우수 다수
세계장애인문화복지진흥회 연꽃으로 가작(2017년)
고양장애인복지관 장애인문학제 개미와 하느님 으로 가작(2015년)
한국뇌성마비복지회 시낭송 어울림, 어울림 참여(2015년)
제36회 장애인의 날 부산시장 표창(2016년)
제 41회 오뚜기축제-보건부지부장관상 수상
개인시집 "수박 속 같이 붉은" "내일 아침에 또 만나"

모교에서

내 시집을 들고 들어선
모교에서 내 어릴적 모습을 보았지
휠체어를 타고 가는 무리들

예전 그 무리속에서
난 외롭지 않았고 무서울 것도 없었지
초롱초롱 빛나며 바라보는 그들에게
내 시집에 사인을 해주고 있었지

날 보고 시인이라고
나 처럼 되겠다고 그들은 말했다

몸둘바를 모르는 나
감사하고 부끄러운
마음을 어디에 두어야 하나

애들아 실패를 두려워하지 말아라
아프지 말아라 용기내어 함께 살아보자

나에게 웃어주는 고마운 너희에게
진심으로 건네는 말이란다

수영중학교에서

도전적인 눈빛
나도 옛날엔 그런 눈빛을 가지고 있었을까?

인식개선 강의를 위해
기계처럼 말을 쏟았다
처음엔 가슴 절절히 아픈 말들이었지만
무덤덤해진 내 과거 이야기가
흉물스런 동상처럼 섬　하다

내말들
누군가의 가슴에
노크하고 있을까?

그말들이 엄마잃은 아이처럼
공기중에서 울지 않을까?
얼른 찾아가렴 누군가의 가슴으로
찾아가 집을 지으렴

위로

꿈이 있다면 고개를 들어라
꿈이 있다면 두려워 하지 말아라
바람이 불어도 물러서지 마
스스로에게 당당하면 아무도 널 막을 수 없지

지나가는 사람에게 길을 물을때도
현재 가고 있는 너의 길에 확신을 가지고 있어야 해

주위 사람들의 지나친 기대도
주위 사람들의 지나친 우려도
하늘을 담아버리는 바다처럼 담아 버리는거야
깊은 슬픔도 큰 두려움도 행복했던 순간처럼 추억으로 남을거야

착한 어른

초점을 맞추지 못하는 난시에
멀리 볼 수 없는 근시를 가진
나는 오히려 늙음을 기다렸다

오랜 세월이 흐르고
멀리 있는게 잘 보이는 노안이
오면 멀리 있는 것도 잘 보이고
가까운 것을 볼 수 있는 능력이 생기지 않을까?

그렇게 기다리던 노안이 온 듯한데
되려 안경 하나만 더 늘었다.
가까운 책을 볼 때 쓰는 안경

난 요즘 어떠한 사물을 볼 때
어떤 안경을 써야 할지 고민에 부딪힌다
아 정말 선택이란건
무엇이든 신경 쓰이고 힘든 일이다

피할 수 없는 선택이란 나의 운명
내색하지 않고 피하지 말아야지
그래야 부끄럽지 않은 착한 어른이지

초코파이

아버지가 기분 좋은 날이면
늘 사오시는 초코파이
아버지와 내가 마주보며 먹던 초코빵

어느 날 아버지는
어린시절 먹던 초코파이 보다
갈수록 작아진다며 아쉬워 하셨지

뛰는 물가에
애꿎은 초코파이만
아니 또다른 과자들도 작아지고 있지

치솟는 물가에
오그라드는 서민의 마음처럼
자꾸만 작아지고 있지

책방골목

글을 쓰는 일에 흥미를 느끼는 난
가고 싶었던 곳이 있지

온갖 책들이 모인다는
부산 보수동 어딘가에 있는
글을 쓰는 문인이면 한번쯤
가고픈 책방골목

무림고수가 되는 권법을 배울 수 있는 권법책
인체의 비밀을 담은 의서 본초강목
아이스크림처럼 사르르 녹는 연애소설
보물같은 고서들이 있을거야

늘 가보려 했지만
길치인 내가 엄두를 내지 못했지

동행을 부탁했던 사람에게
다리만 아픈곳만 간다며
핀잔을 듣던 곳

용기를 내어 길을 나섰시
지하철을 타고 중앙역에 내려
골목을 돌고돌아 들어섰지

공기부터 다른 곳
아 나도 이제 글을 쓰는
시인이라 말해보련다

타로카드

아버지가 기분 좋은 날이면
늘 사오시는 초코파이
아버지와 내가 마주보며 먹던 초코빵

어느 날 아버지는
어린시절 먹던 초코파이 보다
갈수록 작아진다며 아쉬워 하셨지

뛰는 물가에
애꿎은 초코파이만
아니 또다른 과자들도 작아지고 있지

치솟는 물가에
오그라드는 서민의 마음처럼
자꾸만 작아지고 있지
타로카드 집을 지나가다가
나의 운명을 물었다
5월에는 돈이 들어오고
올 연말쯤 애정운이 들어온다고

날삭지근한 사낭발림 같은 날에
나는 잠시 해벌쭉
정말 정말 정말
간절한 맘을 담아 해보는 소망의 기도

올 한해는 살만한 날들이 펼쳐지나 보다
타로카드 점괘 하나에
나는 이미 세상을 얻은 사람

이순애 시인

날마다 시작
작심삼일
거꾸로 나이
친구야
하얀 나라
부추꽃
달팽이의 여행

1956년 부산 출생
시인, 독서치료사
시낭송회 참가(한국뇌성마비복지회)
보리수 아래 시낭송 공연 참가
아시아장애인공동시집〈한국-베트남편〉
해누리문학 2014, 6호 수필 동상
공저「이야기 조각보」1, 2권
개인시집〈사다리 정원의 궁전〉
부천일인일저〈꿈꾸는 새의 둥지 틀기〉부천상동도서관 소장

날마다 시작

시작은

설렘이고

희망이며

작은 기적이다

작심삼일

새해 다짐해 놓고
어제 그제 비몽사몽
오늘은 정신 차렸니?
점심 먹고 또 뒹군다

올해는 작은 것부터
청소에 세수 머리 옷까지
언제든 나갈 수 있게
집에서도 손님맞이
누구를 만나도 당당하자
해 놓고 또 미룬다

지금부터 하자
날마다 작심삼일
3일 중 하루 쓰면 이틀은?
날마다 이틀을 저축하면
연말엔 부자가 되지 않을까?

거꾸로 나이

어 이상하다
피곤하여 분명
곯아떨어질 것 같았는데
푹 잘 수 있을 것 같아
기대하며 좋아했는데

초저녁에 잠깐 졸았다고
불면증에 잡혀 버렸다
공을 들일수록 눈은 말똥
정신은 몽롱해진다

낮과 밤이 바뀌어 힘들게 하던
큰애의 아기 때가 생각난다

나이가 들어 갈수록
점점 아기가 되어 버리는
무력감과 두려움으로
밤은 하얗게 밝아 온다

친구야

눈이 하얗게 내려
풍경화 그리던 날

우리들의 약속을
아무도 깨지 않았다

코로나로 만남도 차일피일
미루기만 하던 삭막한 세상

친구 집을 아기자기
반가움으로 채우고

못다 푼 이야기보따리
명랑 해맑게 풀어 놓으니

오랜만의 시간이
정겨움으로 아름답다

주고픈 마음과 챙기는 마음이
넉넉하고 풍성한 상 차리고

중년의 우정과 사랑은
마음부터 배부르게 한다

오늘의 시간이 오래 지속되기를
새해 1월에 소망한다

하얀 나라

눈이 온다는 소식에
눈이 베란다 창에 머물고

불편하니 많이 오지 마라
불편하고 뒤 끝 있어도

원 없이 펑펑 오라는
두 마음이 오락가락

따뜻하고 편한 방에서
흰 눈을 보며

백설 공주를 꿈꾸었던
동화 속 왕비님을 생각한다

하얀 눈을 보며
나는 무엇을 꿈꾸는가?

백설 같은 세상 아름답다
살만하다 노래해 보자

오늘 밤 꿈속에
발이 푹푹 빠지는 하얀 나라에서

백설 공주와 엘사와 안나 만나
행복하고 신나게 마음껏 놀아보자

부추꽃

우리 집엔 항상
감자 양파 부추가 있다

묶음으로 사 온 부추 다듬다
요즘 보기 귀한 꽃대를 본다

날씬한 다섯 송이
긴 병에 꽂으니

자기 집인 양 휘휘 늘어지며
동양란처럼 고고하다

밤을 보내는 사이 생기 머금은
자태는 하늘로 오를 듯하고

나의 기쁨 큰 송이 벗으며
작은 송이 부지런히 키우다

드디어 별빛 닮은
작은 하얀 꽃 피웠다

사랑, 내 사랑아
들에 피는 야생화가

방안에서 피다니
여기저기 자랑이 꽃으로 핀다

점점 풍성해지는 부추꽃 보며
까만 씨앗의 꿈 키워 본다

돌아오는 새봄에
작은 아기 부추 볼 수 있을까?

달팽이의 여행

막내가 일하는 매장에서
달팽이가 나왔다고
상추와 들고 왔다

투명한 플라스틱 컵
상추는 놔두고 뚜껑 안에서
달팽이는 거꾸로 여행한다

공기 구멍 없어 그런가
문을 만들어 주어도
거꾸로 여행은 계속이고

다시 상추에 두어도 또 그곳
산소가 부족하나 열어 주었더니
어느샌가 사라져 버렸다

누가 달팽이를
느리다고 그랬을까
작은 것을 찾을 수가 없다

인터넷에서 찾은 소식 하나
배추벌레는 앞으로만 계속
죽을 때까지 간단다

막내는 또 세 마리 안고 왔다
둘은 또 사라지고 하나 흙으로 보낸 뒤
막내의 달팽이 사랑은 끝났다

한 마리 밖에서 여행은
계속되고 있으려나?
이 밤도 안녕하기를

유재필 시인

●

1971년 서울출생
보리수 아래 핀 연꽃들의 노래 공연에서 시를 발표로 시작활동시작
아시아장애인공동시집 〈한국-일본 편〉 참여
게인시집 〈승화의 노래 내게 오신 님〉.

님의 씨앗

님을 생각하면
한없는 그 분의 자비심
날 어떻게 하실려고
이 죄업 많은 나를
나에겐 아무것도 없는데
그 자비의 씨앗을
내 마음밭에 심어주시고

갚을 길 없는데
그 진리의 씨앗으로
참다운 삶을 깨닫게 하시고

용서하소서 많은 이들을
님이시여! 이 어리석음을
나는 이제 님이 가르쳐 주시는 그대로
매일매일
님의 꽃봉오리 피우며 살겠습니다.

내 남은 삶이 다 할 때까지
그 작은 연꽃 봉오리 꼭 활짝 피우리라

나의 슬픔의 노래

라디오에선 노래소리가 흘러나오고
나는 울음을 참으며 듣고 있네

참을 수 없는 이 슬픔을
나는 참아야 한다

아무도 모르는 이 슬픔을
나는
혼자 이 노래를 슬프게 들어야 한다.

슬픔을 잊기위해
나는 밝은 노래를 나는 듣고 있다

노래속에다 다 신고선
나는 밝게 살아야 한다

음악은 나의 슬픔을 알고 있는지
나는 알 수도 없고
나는 또 알 수 있을 것 같다.

벚꽃길

근한 봄에 벚꽃 들이 활짝 피어나서
아름다운 이 길을 나는 달리고 있네
하얀 벚꽃 카펫을 까라 놓은 듯
하얀 벚꽃길 위로 나는 달리고 있네
벚꽃이기 때문에 예쁜 이 길을
나는 신나게 달리고 있네
상쾌한 봄바람 얼굴로 맞으며 달리고 있네
벚꽃 잎을 맞으며
하얀 카펫 위를 나는 달려가네
달리는 기분은 향기롭고 상쾌하네
꽃잎이 깔린 그 길 위에는
벚꽃이 깔려 더욱 아름다워 보이네

부처님소리

저
산골짜기에
흐르는
계곡 물 소리도
부처님을 찬양 하는
찬불 소리

나는 감사하리라
부처님의 자비 공덕을
나에게 주신 그 찬불 소리를
들을 수 있는
두 귀가 나에게 있다는
것만으로도
얼마나 감사한 일인데

난 왜 남이 가진 것에만
부러워 했는지
모르겠네

엄청난 재능을
저 한태

주셨는데
그것을 모르고
살았다네

깨우치고 보니
이제껏
내가 살아온 삶은
헛된 삶이었네

부처님소리를
듣기 전까지

음악은 내 친구

음악을 들으면
마음이 편안해진다.

음악 속에
내 슬픔과 기쁨이 함께 있다

음악을 듣고 있으면 음악은
어느 새 내 친구가 되어

나를 위로하기도 하고
함께 즐거워하기도 한다

어떤 때는 빠르고
경쾌한 음악을 듣고

어떤 때는 느린 음악을 들으며
내 마음을 음악에 담아 본다.

내 생활의 많은 시간을
함께 하는 음악

가장 가까이에
있는 내 친구이다

내 친구인 너

너의 모습을 타원과 사각의
조화라고 말하고 싶다

너와 동거동락하며
때로는
슬픔을 담아

때로는
기쁨을 담아

노래를 불러주는 너
너는
나의 다정한 친구다

나의 마음과 똑같은
노래 불러주니
넌
내 마음을 너무도
잘 아는
다정한 나의 친구다

사귀면 사귈수록
날 외롭지 않게 해주고
기쁨만 안겨 주는 넌
나의 좋은 친구이다

마음의 고백

이제는 고백을 할까요?
그 누구에게 이런 내 마음을
어떻게 고백 할까요?

이 쓰라린 내 마음을
그 누구에게 고백을 할까요.

그 누가 알까요.
이 내 외로움을
아무도 모르는 것 같아요

이 나의 외로운 사랑을 나
홀로 겪는 이 내 사랑을
누구에게 말을 하고 싶네

내 속에 있는 그 마음을
숨김없이 이야기를 하고 싶네.
오늘만큼은
내 마음 속에 있는 그런 이야기를
그 누구에게 고백을 하고 싶네

누구에겐가
고백할 때가 된 것 같네
.그 누구에 겐가

장효성 시인

소생(疏生)
서울
4월
가을 풍경
너, 보이지 않는
해바라기1
내 멍에

솟대문학 수필 3회 추천
시와 음악이 있는 가을 오후의 만남 4회 참가
보리수아래 음반 "시, 그대 노래로 피어나다"에 참여
2020 '보리수아래' 아시아장애인공동시집 한-일편
"우리가 바다 건너 만난 것은"에 참여
2020 ~2021년 불교문화대전에 참가
공동시집 솟대문학선3 「너의 가슴을 그릴 수 없다」
솟대문학선6 「슬픔마저 사랑하리」
개인시집 「그리운 기다림, 기다린 그리움」 「이곳에서 젂트을 바라보면」

소생(疏生)

이건
차라리
외로운 투쟁이다.
그 누구의
따스한 눈길 한번 없이
잔악한 계절,
버려진 땅에서 싹터
피어올라야 하는,
태초로부터
완전을 향한 진화의
몸부림.

신(神)조차
수학으로 해부되는
오늘,
남모르는
이 필사의 몸부림은
차라리
눈물겹도록
외로운 투쟁이다.

서울

언제부터인가 서울은
서울이 아니다.

바삐 오가는 사람들 틈에
설 틈조차 없는
인파 속에서
오직
나만 생각하는 거리.

어디고 아무리 보아도
희미함 속으로 보이는 건
모두 아른거리는 희미함뿐.

사는 것이
내가 살고 있는지
도시가 살아가고 있는지
모를
희미함 속에서
문득
우러러본 하늘은
아무리 보아도 이해 못 할 피카소
별 하나가 그 가운데서 반짝이고 있었다.

서울에는
하늘과 산이 없었다.

4월

그래,
4월은 잔인한 달이다.
누가
지금 봄이라 하여
멋모르고
고개 내밀었다가
세찬 바람에
다들
서로 눈치만 보며
꽃피우기를 망설이기에
새로 눈튼 싹은
정말 우리의 봄을 체감하려고
발 벗고 나섰다가
불어오는 북새풍에
아직
완연한 봄이 아님을 보이기 위하여
스스로
서리 맞아 시든 소생(疏生)이
어디 한둘이었던가.

가을 풍경

파란 하늘
아래

빈 들녘은
여기저기 볏단

새들은
낟알을 쪼고

어디선가
들리는
탈곡기 소리

한숨인 듯
담배만 피우며
논둑에 마냥
앉은
농부.

너, 보이지 않는

나는
너를 모른다.
도대체
내가 무슨 죄를 지었기에
이렇게 순간마다
인식에 대한 진술을
끈질기게 다그치는가.
지은 죄라고는
뒤틀린 사지
피 통하지 않는
현실에 살고 있음밖에

도저히
보이지 않는 너는
나에게,
어디서부터
어떻게
왜
해야 하는지도 모르는
논술을 윽박지르고 있는가.
지은 죄라고는

우리를
우리가 지키지 못한 절실함밖에

오늘도
네가 들이민
자술서 용지 앞에서
메마른 가슴을
쥐어짜야 하는, 쾌감으로
너와 마주해야 하는가.
지은 죄라고는
무리 무리에 들지 못하고
언저리 언저리로만 맴돌이함밖에

도무지
나는
너를 모른다.
애증(愛憎)으로 하여
끝까지 너에게서
벗어날 수도 없다.
지은 죄라고는
명제를 짊어지고
터덕거리게라도 가야 함밖에

해바라기1

이제
더 이상
좁은 공간이 싫어
담 너머
마을을 바라본다.

삶이 있는
참세상이 보고 싶어
울타리 밖으로 고개를 내밀고,
바로 보기 위하여
해를
우러르지 않고
앞을 바라본다.

이제
더 이상
높고 넓기만 한
저 하늘이 싫어
차라리
삶을 바라본다.

내 멍에

어제 같은 오늘
오늘 같은 내일

주어진 시간
지워진 바랑

퍼석퍼석
보슬보슬

널브린 원고지
팽개친 필기구

엎치락뒤치락
아둥바둥

세 평짜리 공간
쳇바퀴 돌 듯

내일 같은 오늘
오늘 같은 어제

최유진 시인

분명 굳고 있었다
신발
전하지 못한 빛들아
울지 않습니다
나무야 나무야
여행할래?
온전해지는 시간

2000년 서울출생
2022년 국제문단 제31기 신인상으로 등단
2017, 가족사랑공모전 입상 수상
2019~2021 장애청소년문화예술제 문학부분 3회 수상(장려상,우수상)
개인시집 〈세상은 모두가 희망〉

분명 굳고 있었다

몸이 굳고 있었다
예전같지 않았다

받아드리고 살고 있다고 믿었다
내가 말할수도 없이 미웠다

그럼에도 굳는 몸을 사랑했다
그럼에도 굳는 몸을 바라봤다

사랑하니 예뻤고
예쁘니 사랑스러웠다

분명 굳고 있지만
분명 굳지 않았고

내 몸이 사랑스러웠다
살아내야 하기에 살아 있기에

굳는 몸을 사랑한다
굳는 몸을 하고도
굳은 의지로 살아낸다

신발

신발을 신고 뛸 수 없던 아이는
신발장 앞에 놓인 신발들을 가지런히 놓고

걸음을 재촉하듯이
빠른 손놀림으로

신발을 앞뒤로 왔다 갔다 하며
아이가 뛰었어야 할 길을

손이 대신 걸어
아이의 이유 모를 설음 달래주네

신발을 사랑하던 아이는
사람들의 신발 소리를 즐겨 하던 아이는

늘 신발을 가지런히 놓는 것으로
설음 달래다

굽이 있는 구두를 상상하며
일어서려 노력도 해보았다가

"우리 손녀, 걸으면 할아버지가 구두 사주고 갈게"
말 한마디에도 까륵 까르르 사랑인 걸 몰랐네

그때는 몰랐지 그것마저 사랑이란 걸

이제야 안부를 물어요. 할아버지
사랑합니다 고맙습니다

전하지 못한 빛들아

강물처럼 흐르거라
슬픔에 잠긴 빛들이여
흐르고 흘러서

다른이의 빛이되거라
흩어지지도 사라지지도 말고
그 자리에서 빛나는 빛이 되거라

슬픔은 슬픔에게 닿아
행복은 행복에게 닿아
빛나고 반짝이거라 슬픔이여

그대로 멈추지 말고
그대로 있지도 말고
사랑에 사랑이 되거라

울지 않습니다

사랑을 고백할 손이 있으니
사랑을 쓰고 지우는 손이 있으니
한 손이어도 울지 않습니다

기쁨을 전하는 마음 있으니
기쁨을 받을 마음 있으니
걷지 못해도 울지 않습니다

느린 삶에도 기쁨이 넘치는 건
느린 삶에도 사랑이 넘치는 건
느린 삶의 행복을 알기 때문입니다

나는 결국 해낼거고
나는 결국 행복해 질 것이기에
나는 울지 않습니다

나무야 나무야

휘청이지 않는 몸 가져 좋고
아프지 않은 다리 가져 좋겠다
힘든 이들의 마음을

쉬게 해주는 그늘 있어
나무 너는 행복하겠다

나무야 나무야
너는 지나는 바람도
지나치지 않고 곁을 내어주니?

나무야 나무야
너는 지나는 사람들의
힘듦도 그냥 지나치지 않니?

나무야 나무야
넓은 마음으로 곁을
내어주는 너처럼

넓은 마음으로
모두를 품어주고
한 자리를 지키며

힘들어 지친 이를
보듬는 나무 너처럼
어려운 일에도

한 자리를 지키는
사람이고 싶다

그렇게 그렇게

넓은 마음으로
한걸음 한걸음
나아가고 싶다

여행할래?

별 사이사이를 여행하자
숨바꼭질하며 놀다가 별들 사이에 숨어서

별이 되어보는 거야
반짝거림의 이유를 생각하면서
다 말하지 못한 애환일까.

그리운 이를 마주하기 위한
표지판의 역할을 하고 있는 걸까.
어떤 여행을 해 왔어? 하늘을 밝히는 너는

아빠, 아빠도 하늘을 밝히는 별이야?
아님, 가까이에 숨어서 곁에 있어?
아빠 이제 정말 자고 싶어

별 안 부족해?
이대로 살아도 돼?
아빠, 아빠 곁에 있고싶다

아직도 모르는 게 많은데
아빠라면 이겨냈을 텐데 아빠가 없어.

온전해지는 시간

몸이 흔들흔들
고개가 아래로 푹 내려갈 때
나는 어쩔 수 없는 장애인이지만

그것마저도 별일 아닌 일로 만들어주는
무기가 있어 손끝에 이야기는 이 세계에서
제일 행복한 사람으로 만들어주지.

고개가 푹 지하까지 도착해도
몸이 흔들흔들 아이쿠 넘어져도
울지 않는 건 머리랑 가슴에서 하는
사랑 때문이고, 열정 때문이야.

나를 받아들이는 시간
나를 천천히 알아보는 시간
꿈을 천천히 키우는 시간이 행복해.

홍현승 시인

달이 사라진 밤
내일을 알 수 없는 기도
백일기도
소리가 들리지 않을 뿐
아우성과 핀잔 속에서
여기 노래가 있습니다
연장

1991년 서울 生
대진대 문예창작학과 졸업
중고거래 플랫폼 운영사, IT기업, 광고대행사 등에서 근무
2015년 대한민국장애인문학상 시부문 우수상
2023년 아시아장애시인들의 공동시집 『내 심장의 반쪽』 한국-몽골편 외 다수 참여
2021년 세종도서 문학부문 (구 문화체육관광부 우수교양도서) 시집 『등대』 선정
저서 : 시집 『등대』

달이 사라진 밤

그렇게 했어야 했습니까?
꼭 그녀까지 그렇게 했어야 했습니까?

처음 본 어른마저 이제 꽃 핀 청춘의 봄을 바라던
그 봄을,
그 봄마저 빼앗어야 했습니까?

왜요?
왜요?
도대체 왜요?

이제야 이름을 찾았고
그 이름만은 빛나기를
아니, 빛내주어야 되어 었는데
약속했는데,
그 빛이 그렇게 아팠습니까?
질투 나셨습니까?

허망한 눈 앞에서
땅거미가 내려앉은 오늘
그 흔한 달마저 떠있지 않습니다.

내일을 알 수 없는 기도

백사장을 거닐었다
어쩌면 와야 할 곳이었다
겨울도 오지 않은 가을 날
파도를 손끝으로 느끼다
짜릿하게 전해오는 온도에 털 끝은 곤두섰다

무엇으로 온 길인지는 모른다
고민을 담은 파도는
쉼 없이 내 앞으로 밀려오지만
그 쉼 없이 밀려오는 파도에
단 하나의 이름도 붙일 수 없었다

무엇으로 바다 앞에 서있는지는 알고 있다
이름 없는 파도들이 무엇인지는 알고 있다
다만, 내일은 어떤 모습일지
내가 그리는 모습일지
단언할 수 없는
그 파도만 바라보고 있다

그 끝에서 나는,
그저 묵묵한 기도로 알 수 없는 내일을 맞고 있다

입재만 했던 나의 지난 기도
가을날의 백일기도 회향이 다가오고 있었다

백일기도

이른 아침 알람소리에 일어나
졸린 눈을 비비며
세수 하고
나의 인법당 위, 맑은 청수와
촛불을 밝힌다

졸림도 가시지 않는 눈으로
다라니를 독송하며
간절히 두 손을 모은다

지혜를 위해 기도하고
내일을 위해 기도한다

다라니 한 자에
한 자에
낯선 그 한 자에
간절한 마음을 담는다

다라니와 마음은
조금씩 서로에게 다가가며
지혜와 내일이 만난다

서로 눈을 맞추고
씨익 한번 웃고
간절한 마음은 사라진다

그리고
뜻 모른 다라니만 남을 뿐이다

소리가 들리지 않을 뿐

소리가 없는 것은
침묵만이 아니다.
시간에도 소리가 없다.

하지만 들리지 않을 뿐,
시간은 소리를 내며 흘려간다.
잠결에 듣는 시간의 소린 어느 때보다
시끄럽다.
쉬지도 않고 흐른다.

묵묵한 행(行)도 그렇다.
결과 없는 행동으로 보일지라도
행은 보이지 않는 발자국을 남기며
시간은 흘러 간다.

어느 새

아우성과 핀잔 속에서

사방(四方)의 살핌이 필요한 곳에서
주춤거리는 나를 향해
어딜 보냐 재촉되는 아우성이 들려오고

째깍거리는 시계랑 다투는 날,
요리조리 다니면
너만 바쁘냐며 핀잔만 흘린다

아우성과 핀잔이 가득한 곳을
세상이라고 부른다

여기 노래가 있습니다

친구와 사랑하는 이와
함께 거닐는 홍대
거기에 이야기가 있습니다
잠깐 눈길만 받고
크지 않는 박수만 흐르는
거기에 기타가 있습니다

눈이 내리는 겨울에도
얇은 장갑 한 장으로 기타를 치고
입김이 피어올라도
오직 이야기만 전하는
그 곳에 노래하는 사람이 있습니다

일사분란한 조명이 아닌
바삐 움직이는 음향기기가 아닌
초라한 엠프와 눈과 비,
따가운 햇살이 조명이지만
가슴에서 흐른 울림이
삶 속에서 써내려간 가사 한 줄이
듣는 이 없어도 세상으로 흐릅니다

그렇게 길을 무대삼아 노래하던 가수는
다시 평범한 직장인이 되어
서류 늪으로 들어가고
아동 미술 선생님으로
사범대 학생으로
돌아갑니다

돌아간 그 자리에서는
은은한 노래만이 피었습니다

연장

이 촛불을 밝히는 이, 누구인가?
향 한 자루 사르는 이, 누구인가?
삼 배 올리는 이는 또 누구인가?

매일 하는 모습에도 늘 처음같은
처음하는 모습에도 어딘가 익숙한 날들

이 생에서만 해오던 것이 아니기에
당연히 익숙했고
지금만 한 것이 아니기에
낯선 나의 모습

또 다음 생에는 어떤 가죽으로
어느 세상에서 살게 될 지,
아무도 모르지만
촛불 밝히며
향 사르며 삼배를 올리고
스치고 만나는 인연들을 위해 발원할 것임을
안다
알겠다
지금 내 모습에서

윤정열 수필가

자아비판
또 하나의 즐거움
느림의 미학
인문학이 밥 먹여주남?

1959년 서울 출생
1988년 패럴림픽 축구 선수
2016년 올해의 장애인상 수상
2017년 한국방송통신대 통문제 수상
2021년 개인수필집 "내 마음속엔 아름다운 나타샤가 있어" 출간

자아비판

음~~

그러니까 그런 사람이 있더라고요.

사람이나 물건 등을 보는 대상을 삐딱하게 보는 성향이 있는 사람이요.

일종의 주는 것 없이 미운 사람이 어느 집단에서건 있지요.

경험해봤지요?

혹시 이 글을 읽는 독자님이 그런 성격은 아니겠지요?

물론 그런 사람들이 원래가 사람으로서 못되어 먹었다거나 또는 어떤 대상 등등을 잘못 이해를 하는 사람들을 지칭하는 것은 아닙니다.

대부분의 그런 사람은 처음엔 별 문제없이 보이다가도 어떠어떠한 일들이 발생이나 변화가 일 때 좋은 마음으로 받아들이지 못하고 삐딱한 관점으로 보는 사람이예요.

그런 사람은 처음 대할 때는 간 쓸개 다 내어줄 것 같이 행동하는데 차츰차츰 대하다보면 그런 원래의 성격이 나와서 결국은 허탈하게 만들어버리는….

자신도 알고 그러는 건지 모르고 그러는 건지 거기까진 저도 모르지요 뭐. 그렇게 성격상 모난 사람은 어느 공동체에서건 그런 사람이 있는 걸 살면서 많이 봐 왔는데, 그런 사람가운데에서도 말수가 적은 사람이 있는 반면 자신이 속한 집합체에서 튀기 좋아하는 사람도 있더라고요.

사적인 자리에서나 공적인 자리에서나 말 한마디를 하더라도 꼭 삐딱하게 하고, 당사자의 마음을 뾰족한 꼬챙이로 찔러보는 듯이 하니까 당하는 사람은 기분이 어떻겠어요.

사실 저도 글을 쓸 때 좀 유식한 척(?)을 종종 해요.

그건 보는 사람들의 시선과 생각이 천차만별이라 그렇게 보는 사람도 있긴 하지만 제 딴에는 그렇게 배웠고, 이런 저런 이야기를 첨부시켜서 글을 이어가는 거라 소위 글이 나가는 탄력을 받거든요. 그리고 무엇보다도 그런 풍의 글을 쓰고 싶어서 쓰는 건데 일부 사람들은 그 글을 아예 그 글 내용과는 전혀 상관없는 쪽, 그러니까 더 구체적으로 말을 하자면, 남들처럼 등골 빠지게 고생도 안 해본 사람이 인생에 대해 글만 번지르르하게 쓴다는 식으로 자존심을 건드니까 되도록 그런 사람들 있는 공간엔 글 올리는 걸 딱 끊어버릴 수밖에 없는 경우들도 많습니다. 절이 싫으면 중이 떠나는 게 맞잖아요.

실제로 저까지 그렇게 그런 사람들에 대항해 격이 떨어진 채 꼬장꼬장 살긴 싫습니다. 이 몸으로 노력해서 먹고 사는 능력은 안 되더라도 비단 인간으로서 뭐가 옳고 그르다는 자존심은 지키면서 살고 싶으니까요.

제가 무슨 잘못한 것도 없는데 왜 그런 소리를 들어야 하는가요. 읽기 싫음 안 읽음 되는 거고요. 이제 절대 그런데다가는 글 안 올릴 거예요. 그냥 조용히 그런 저런 꼴 안보고 살면 오히려 편한 삶이거늘.

물론 세상의 어떤 작품이어도 또 그 어느 누구라도 비평의 대상은 있어야 하고, 동전의 양면이 있듯이 세상 살면서 좋은 소리만 듣고 살 순 없지만 개인적으로는 그런 사람들 딱 질색입니다.

참 빠른 속도로 바뀌어가는 세상을 보면서 인간적으로 능력이 있고 없고가 문제가 아니라, 또한 경제적으로 돈이 있다 능력이 있다 가 문제가 아니라 이런 저런 사람들과 더불어 살면서 얼마만큼 남을 이해하고 배려하는 마음이 있는가 하는 소위 인문학적으로 성숙된 사람을 더욱 흠모하고 표방하는 사회가 되었다고 생각하지 않나요?

생각해보면 일부 철이 없는 아이들의 모난 행동짓거리에 지나지 않는 잘못된 댓글 문화에 그러려니 하고 한 귀로 흘려버릴만한 일이라 해도 한편으론 얼마나 무서운 양날의 검인지 좀 알고 살았으면 하는데, 그런 성격은 언제 어디서건 드러나게 되는 낭중지추적인 문제이고, 죽어도 바뀌지 않을 그 사람의 인성적인 문제라서 죽을 때까지 안고 살아가겠지만 그런 저런 상대할 가치조차 없는 사람들에게 소중한 시간들을 낭비하는 제 자신이 안쓰럽기도 해 아예 상종을 안 하는 편이 낫겠다 싶다는 마음으로 이 글을 쓰는데, 그로 인해 파생되는 주변의 반응이나 여러 여건들은 뭐... 그대로 놔둘 수밖에 없습니다.

이 나이까지 살면서 이런 사람 저런 사람 적지 않은 산전수전 겪었다 해도 과언이 아닌데, 정작 그 사람을 바꿀만한 능력이 없으면서 괜히 머뭇거리다 더 큰 상처 입기 전에 미련 없이 떠나는 게 상책이라는 나만의 진리를 터득한 게지요. 터놓고 얘기해서 앞으로 살아갈 날들보다 살아갈 날들이 적은 인생사라 하루하루 즐겁게 살아가기에도 짧은데 왜 그런 사람들 때문에 상처를 받아야하냐 말입니다.

저도 뭐 그런 저런 일들을 통해 제 자신을 좀 더 냉철하게 들여다 볼 자성의 시간은 가져야 되겠지만 제가 쓰는 글이 남한테 해코지 하는 것도 아니고 제 자랑이며 잘난 척만 하려고 글 쓰는 건 아니기에 그리고 글을 읽기 싫음 안 읽으면 그만인 문제인데 그런저런 꼴들을 다 봐가면서 글을 쓰고 싶진 않다는 거죠.

그러다 하나하나 다 떠나오고 나중에 홀로 외톨이 되면 어떡하냐고요?

설령 그럴 날이 와도 여태까지 살아왔던 대로, 어떤 현실이라도 적용하는 데 많이 경험해보았으니 괜찮을 거예요.

어른이 된다는 건 정말 어려운가 봐요. 몸만 어른이고 생각은 어린 애들보다 깊지 못한 어른들이 너무 많은 세상입니다.

주위에 그런 사람 없나요? 그런 인간들 때문에 골치 아파본 적 없습니까?

날이면 날마다 그런 사람들 속에서 살아간다고요?

그게 인생이려니 하구 그냥 그러려니 살아간다고요?

행여 제 자신이 그런 어른으로 살고 있지나 않는지 오늘 밤 '자아비판' 모드로 들어가 봅니다.

또 하나의 즐거움

내 몸이 늙어가니 내가 쓰는 글도 따라 늙는 듯하다.

마음은 늘 그게 아니라 해도 아프다는 얘기는 왜 그리 많은지 모르겠다, 내가 쓰는 글만큼은 멋지고 폼 나게 씌여지기를 원하는데….

문득 무언가를 쓰고자하는 착상이 떠올라 손가락을 까딱거리다보면 어느 부분에서 글의 포인트가 처음 의도했던 글과는 어긋나서 사뭇 딴판이 되어간다는 걸 알아차릴 때가 있다. 그땐 바꾸려 해도 썼던 내용이 아깝기도 해서 쉬 바꾸지 못하고 말이 되도록 어거지로 엮는 경우도 있다.

글을 쓰는 건 내가 쓰는 거지만 읽어주는 이들은 거의 나를 아는 사람들이기에 그 사람들까지 더 늙게 하면 안 되겠다는 마음이다. 의당 그럴 의도는 없다하여도 만의 하나 이 사람 글을 읽으면 괜히 안 아프던 곳까지 아프다 하는 느낌을 받게 하면 안 되겠기에 이제부턴 글을 쓰는데 그런 부분들까지 신경 써야 할 것 같다. 물론 그렇게 생각하는 분들이 얼마나 되겠는가마는 요즘엔 글을 쓰고 나면 그런 생각이 드는 건 사실이다.

너무 어렵고 복잡하게 말고 쉽게 쉽게 잘 늙어가야 하는 것처럼 글도 쉽게 쉽게 쓰고 싶다. 이 나이에 이 몸으로 그 멋진 오버헤드킥을 구사하려 한다면 안 그래도 부실한 허리 완전 작살이 날텐데 말이다.

무엇보다 힘들지 않게 접근해야하는데 자꾸 어렵게 끌고 가려는 나만의 유별난 습성 때문이기도 하다. 그러나 이렇게 자주 쓰다보면 점점 개선되어 가겠지. 이젠 내 몸뚱아리에 달려있는 수많은 지체들 중 쓸만한 건 그 어느 한 개도 없는 것 같다. 그동안 여러 번 수술을 해야 했던 목과 허리, 사람 몸에 있어서 가장 기초 골격이 돼주어야 할 척추, 경추부터 삐

걱대니 그것에 딸린 모든 지체들이 힘을 받을 수가 없을 뿐 아니라 환갑이 지나면서부터는 눈이며 귀, 다리까지 뭐 하나 제대로 온전하게 붙어있는 게 하나도 없다. 옷 입고 벗는 거며 숟가락질도 힘들고, 기타를 치려해도 왼 손가락들이 너무 아프고, 뭐를 씹다가도 헛바닥이나 입술은 또왜 그렇게 잘도 깨무는지.

다행인 건 우리 집이 좀 작은 집이어서 거동하기엔 큰집보다는 여러모로 용이하다는 것이다. 불편한 몸이라 붙잡아야 할 것들이 다닥다닥 가까이 붙어있다는 게 얼마나 다행인지 모른다. 공간이 넓다는 건 그만큼할일들도 많아지기 때문에 여간 피곤한 일이 아닐 수 없고, 아니 그것 보다는 우리 부부에게 딱 적당한 공간이기도 하다. 이 다음에 우리 부부 죽고 나면 우리 아들의 몫이 적어서 그게 좀 마음에 걸리지만 아들은 또 자기 능력대로 헤쳐 나갈 것이다.

주위에 보면 죽을 사람은 아주 쉽게 죽는 법이고, 죽지 않는 사람은 어떻게 살든 살아가는 법이다. 그러니 앞으로는 무슨 글을 쓰더라도 아픔의이야기보다는 어떻게라도 살아있으니 좋다는 글을 쓰고 싶다.

얼마 전 전동휠체어축구를 한답시고 여기저기 알아보던 중 내가 잘 아는 노원 IL센터 전동휠체어축구단 모임에 한번 나간 일이 있었는데, 마침 그 다음날 집안에서 심하게 넘어져 뇌진탕증세로 고생도 하고, 또 전동 축구얘기를 들어보니 경기하는 방식이 너무 과격하대서 그때서부터는 슬슬 겁까지 나 그 전동 휠체어축구를 하고 싶다는 얘기가 쏙 들어갈수밖에 없었다.

아무리 중중 장애인들이 하는 전동휠체어축구라 해도 그 골을 넣기 위해 물불 안 가리고 죽기 살기로 전동휠체어끼리 부딪히고 때로는 휠체어끼리 받쳐서 거꾸로 뒤집혀지고 하는 그런 살벌한 경기인데 여기저기 수술한 몸으로 하겠다고 고집한다는 건 제정신이 아닌 사람이 아닌 이상 도저히 할 수가 없었다.

근데 그 얘기를 하려고 꺼낸 얘기가 아니라 그날 보았던 선수들 대부분이 활동보조인 없이는 일상생활조차 어려운 완전 중증 장애인들이었다. 그 자리에 모인 선수들 전부 전동휠체어를 타고 있는 젊디젊은 청년들이 었는데, 그 중 한 명은 침까지 계속해서 흘리는 장애라 침받이 수건을 앞에다 놓고 그 옆으로는 키보드를 이용한 AAC 보조기기로 자기 의사를 전달하는 중증 뇌성마비 청년이었다. 정말이지 누가 보더라도 혼자 힘으로 움직이는 것조차 어려운 장애를 갖고 있었으나 과격한 그 전동휠체어 축구를 하겠다고 그 자리에 앉아있는 것이었다.

그러나 나는 똑똑히 보았다. 누구보다 행복하게 빛나고 있는 눈을…

남들이 볼 땐 그 어떤 일도 할 수 없을 것처럼 그렇게 보일지라도, 그 청년의 얼굴에서 배어나오는 환한 미소를 보았기 때문에 그 몸으로도 충분히 자기가 좋아하는 전동휠체어축구를 멋드러지게 할 수 있을 것 같음을 나는 보았던 것이다.

그러고 보면 젊음보다 더 좋은 것이 또 있으랴!

나또한 그 또래라면 나도 당연히 축구다.

하지만 그런 청춘을 지나왔기에 지금은 지금대로 또 좋다.

그리고 이런 몸으로도 글을 쓰는 즐거움이 있으니 더욱 좋다.

글을 쓰면 조금이나마 몸의 통증마저도 이겨낼 수 있으니 이 아니 좋은가!

느림의 미학

'아다지오'라는 악보에서의 속도를 가리키는 말이 있다. 천천히 연주하라는 말이다. 내가 이 말을 참 좋아하는데 남들보다 동작이 좀 굼뜨다보니 좋아하는지도 모르겠으나, 예전 차 운전을 하거나 축구를 할 때는 순발력에 있어서만큼은 그다지 느리다는 소리를 못 들어본 것 같다.

하긴 그때는 젊었었고, 지금처럼 아픈데도 별로 없었으니 그럴 만도 했지. 그래도 지금은 원래 서툰 뇌성마비 몸짓에 나이까지 들다보니 모든 행동적인 면에서 느릿느릿해질 수밖에 없는데, 특히 말하는 거에서부터 걸어 다니는 거, 먹는 거, 입고 벗는 거 등등. 직접 당해보지 않고서는 얼마나 불편한지 모르는데 아직까지는 활동보호인 없이 모든 걸 혼자 천천히 한다.

사실 성격 자체도 그다지 급한 편이 아니라 그런지 행동뿐만 아니라 즐겨 듣는 노래까지 발라드풍의 차분한 음악들을 좋아하는 편이다.

들리는 노래나 속으로 따라 부르는 노래들이야 빠르거나 느리거나 상관없더라도, 혼자 조용히 기타를 튕기는 때라면 빠른 비트의 곡들은 별로 안 좋아하는데 일단은 못 따라가니까 말이다.

그래도 일주일 한번 우리 기타동아리 시간에는 어쩔 수 없이 '키락' 반주기에 맞춰 묻어가긴 하지만, 혼자 칠 때에는 가능한 한 속도를 늦춰서 치는데 그래서 웬만큼 빠른 곡들도 발라드풍으로 바뀐다.

어릴 적 바로 위 형님께서는 늘 그런 식으로 쳤다. 그런 형님의 노래하는 걸 들으며 자랐는데 형님은 늘 자신만의 방식대로 박자 개념 없이 차분히 불러서 그런 부분이 나의 음악적인 정서에 영향을 많이 끼쳤나보다.

'가요속으로' 라는 라디오음악 프로가 있다.

거기 진행자가 유리 상자 멤버 승화씨인데 그 프로 말미쯤에 꼭 그 가수가 기타를 직접 치며 라이브로 노래를 불러주는 코너가 있다. 언젠가부터는 그 부분만 꼭 듣는 습관이 생겼다. 생각해보면 더없이 얌체 같은 짓인데 게다가 아무도 모르게 녹음까지 한다. 녹음버튼을 누르면 핸드폰 내장된 음악 플레이 방으로 다운로드가 돼서 돈 한 푼 안들이고 내가 좋아하는 노랠 계속 듣는 셈이 된다.

몇 년 전 한번은 동부간선도로에서 강변북로 진입 곡선 커브 길을 돌고 있는데 그 라이브가 막 끝나가는 거였다. 운전 중 얼른 옆자리에 있던 핸드폰을 집어 들고 빨간 녹음버튼을 눌러야지만 그놈의 광고를 차단시킬 수 있었기에 나름 빨간 녹음버튼의 포인트를 정확히 눌러야하는 고도(?)의 작업을 별 생각 없이 하긴 했으나, 그 후 가끔 생각하면 360도 뱅그르르 커브 길에서 정말 정신 나간 짓이었음을 안다.

지금 다시 하라고 그러면 당연히 안한다. ^^

그렇게 녹음한 그의 노래가 폰 안에 엄청 많은데.. 목소리도 좋고, 기타 줄을 잡을 때 나는 강한 쇳소리가 나는 것도 좋다. 또 간주 중 가끔 하모니카 소리에 마른 휘파람 부는 소리이며 또 가끔은 불안정한 음정도 나서 좋다. 전혀 편집이 안 된 노래니까.

프로필을 검색해보니 69년생 아저씨다. 원래 노래하는 성향이 좀 느릿느릿한가 보다. 기타주법까지도 완전 내 취향이랄까? 어릴 적 우리 형님의 향기가 물씬 풍겨서 좋다. 아무리 빠른 비트의 댄스음악이라도 그 친구가 부르면 완전 다른 장르가 되고, 평소 듣지 않던 곡들도 그 친구가 부르면 내겐 명곡으로 와 닿는다. 언젠가는 댄스가수 김완선의 '삐에로는 우릴 보고 웃지'를 부르는데, 여가수의 방방 대는 토끼 춤이 부드러운 어깨춤으로 변환이 되고, 또 코요테의 '만남'이라는 신나는 곡이 발라드풍의 노래로 탈바꿈이 되는 걸 듣고 더욱 좋아라하게 되었다.

기타를 친다는 건 잘 치든 그렇지 못하든 치는 사람이 즐겁고 행복하니까 치는 건데, 혼자 조용히 치는 걸 즐기는 사람도 있겠고, 또 사람들과 어울려 흥 속에서 치는 걸 즐겨하는 사람들도 있다.

뇌성마비로 늘그막에 여기저기 아픈데도 이렇게 음악을 즐겨 듣고, 또 노래를 좋아하는 분들과 함께 기타까지 칠 수 있다는 건 내겐 분명 감사한 일이 아닐 수 없다.

벌써 몸은 60중반이 넘어가고 있다.

그래도 마음은 늘 이렇게 청춘이라서 날이면 날마다 몸뚱이는 아프더라도 이나마 기타를 칠 수 있다는 건 정신적으로 정녕 살맛나는 일이 아닐 수 없다.

비록 여기서 보이는 저기까지 걸어 다니는 것도 힘든 몸이지만 기타를 친다는 것도 이렇게 가만히 앉아 손가락만 까딱거리면 되는 거라 그다지 힘은 안 들어서 할 만 한데, 글을 쓰는 일도 이렇게 핸드폰 노트에다 톡톡 찍으면 되는 거라서 지금의 제 몸 상태에 딱 맞는 행복이다.

언젠가부터 느리게 살 수밖에 없었다. 젊어서야 우선 먹고살아야하니까 그만큼 '빨리 빨리'에 익숙해질 수밖에 없었지만.. 지금은 뭐 지하철을 눈앞에서 놓친다한들 예전처럼 아깝다는 마음도 안 든다. 조금 기다리면 또 나타날 건데 아쉬울 게 뭐 있을려고.

그리고 살아보니 무슨 사고든지 순간적인 조급함 때문에 일어난다는 걸 알아 차렸으니 이 또한 기쁜 일이 아니겠는가!

얼마 전에 세상을 떠난 친구가 생각난다. 그 친구는 걸음발도 빠르고, 말도 빠르고, 밥도 굉장히 빨리 먹었었는데, 같이 밥을 먹다가도 자기가 늘 먼저 먹으니까 그 짧은 시간 기다리는 것조차 앞에서 같이 먹는 사람 무안하게 하는 그런 천성의 친구였는데 이승을 건너가는 것도 뭐 그리 급하다고 요단강을 그렇게 획 건너갔는지….

만일 가기 전에 다리가 아프다거나 위가 고장 났었더라면 그리 급한 성격도 바뀌어졌을 수도 있지 않았나 하는 생각인데, 모르지. 천성은 웬만

해선 바뀌는 게 참 어려우니 말이다.

　오늘은 글이 좀 길어졌다.

　오늘따라 글발이 팍팍 꽂혔는가보다.

　나름 느릿느릿 쓰다 보니.

인문학이 밥 먹여주나?

　오랜 인류 역사를 되짚어 봐도 요즘같이 사람들 간 불신의 시대였던 때가 있었을까 싶을 정도로 어쩔 땐 숨 막힐 정도로 삭막한 세상에서 새삼스레 인문학이라는 말에 귀가 쫑긋거린다.

　인문학이란 간단하게 말해 인간이 살아가는데 있어 그 근본적 문제를 다루는 분야라는데 1950년대 끄트머리 세대인 나는 인문학이란 학문적 용어를 솔직히 모르고 살아왔다고 해도 과언이 아니다. 인문학이란 한마디로 인간답게 살아가자는 학문이란다. 맞나?

　사실 인간으로 태어났으니 인간적으로 살아가는 건 마땅한데 그 인간적으로 산다는 게 누구에게나 만만치 않은 인생의 어려운 과업이다. 그렇다면 정녕 어떻게 사는 것이 인간적으로 사는 걸까? 우리 현대인들은 매일 매일 새로운 뉴스나 세상 살아가는 많은 이야기들을 접하면서 산다. 그런 가운데에는 훈훈한 소식들도 많지만 정말 인간으로서 저럴 수 있나 싶을 정도로 정신 나간 사람들을 많이 보고 또 자기와도 그리 먼 이야기가 아닌 주변에도 수없이 많은 그런 류의 사람들을 맞닥뜨리며 살아가고 있다.

　그리고 더 큰 문제는 그런 인간 같지도 않은 사람들이 점점 더 많아지고 있다는 것이다. 실제로 외부에 드러나지 않아서 그렇지 인간 같지 않은 사람들이 너무 많은 세상이고, 한 예로 무슨 무슨 청문회에 나오는 사람들을 보면 사회적으로 돈 많고 많이 배운 사람들이 더욱 도둑놈들이 많고 한편으론 털어 먼지 안 나는 사람 없다는 옛말이 딱 들어맞는 세상이다.

　우스갯소리로 그렇게 못 사는 사람들이 되레 바보 같이 사는 격이라고

나 할까? 어릴 때 귀가 따가울 정도로 강조되어 온 참된 인간이 되기 위해 배우는 학문이 아니라 어떻게 해서라도 남들 위에 군림하고 남들보다 더 부자가 되기 위해 공부하는 세상인 셈이다. 물질적으로 풍요한 세상에 살다보니 어릴 적 보릿고개시절의 배고픔 등은 호랑이 담배피던 옛이야기 일뿐, 어쨌든지 남보다 더 가지려는 욕심에서 인간답지 않은 행위들이 난무하고 내로남불 식의 행태들이 이 사회 곳곳에 깔려있는 세상인 건 사실이다.

　나야 평생을 그렇게 부자로 살아보지 못해서 인지는 몰라도 그런 부자가 되기 위해 바쁘게 살아가는 사람들과는 많이 다르다는 걸 알아서 한편으로는 감사한 일인지도 모르지만 앞으로도 남은여생을 더더욱 욕심 없이 아니 그 이전에 더욱 나에게 맞는, 나다운 인생을 살고자 이 글을 쓴다.

　며칠 전 친구와 만나기 위해 지하철을 타고 종로3가엘 갔다. 그런데 지하철 출구를 잘못 나와서 약속장소로 가는 길을 사람들에게 물어봐야 했는데 언어장애가 있어서 길을 물을라치면 꼭 이렇게 핸드폰 노트에다 일일이 적어서 지나가는 사람에게 보여줘야 한다. 처음 보는 사람과 소통이 어려울 정도로 말끝를 알아듣지 못하니 어렸을 때부터 줄곧 그렇게 살았던 셈이다. 그런데 언젠가부터 그런 상황 상황이 차츰차츰 변하기 시작했다.

　아닌 게 아니라 그 까닭이 내가 젊었을 때보다 더 장애가 심해지고 더 늙어서 볼품없이 보여서인지는 모르겠으나 가령 열사람한테 길을 물으면 예전에는 일곱이나 여덟 명은 각각으로 답을 해줬는데 요즘엔 반 이상은 그대로 보지도 않고 지나가버린다. 게다가 더욱 황당한 상황은 그냥 지나가버린 사람 뒤의 사람들까지 그 상황을 보고 자기도 놀래서 피해 도망가는 시늉을 한다. 일종의 나비효과인 양 마치 구걸하는 사람을 피하듯 말이다.

　하지만 난 이제 그런 상황에 면역이 되어있는 도인의 경지에 있는 사람이다.

그런 일을 하루 이틀 겪어본 것도 아니고 그리고 내가 그 사람들 입장이 되어 생각해보면 이놈의 세상 충분히 그럴 만도 하니까 말이다. 보기엔 멀쩡한 사람들도 이상한 사람들이 많은 세상에 벌건 대낮에 술에 취(?)해 비틀비틀 처음 보는 자기한테 아는 체를 하니 아니 피할 사람들이 어디 있겠는가 말이다.

그날도 친구와 만나 길을 가고 있는데 허름한 차림의 노인이 우리 곁으로 다가왔다. 씻지도 않았는지 시커먼 손에는 동전 한 닢이 햇빛에 비쳐져 반짝이고 있었다. 친구의 손에 이끌려 얼떨결에 피해가다가 친구의 한마디에 파안대소를 하고 말았다.

'어디를 봐서 저런 사람이 구걸을 하냐? 멀쩡하게 생겨가지고… 되레 니가 달라고 해야지. ㅎ'ㅓ

그저 웃지요.

정녕 인문학이라고 하는 건 무엇인가!

어떻게 사는 것이 인간답게 살아가고자 하는 것인가?

요즘 어디를 가나 CCTV가 감시 보호하고 있다.

세상이 그만큼 각박해지고 인정은 메말라 비뚤어진 시대에 살고 있음을 반증하는 건 분명하다. 아까도 잠깐 언급했다시피 길을 걷고 있는 사람들의 모습에서 옛날의 그 정다운 얼굴이랄까? 그런 표정들에서부터 변한 건 사실이다. 꼭 뭔가에 조종당하고 있는 표정으로 걷는 사람들이 많다는 느낌을 받는데 물론 나한테도 똑같이 해당되는 말이다.

얼마 전 어디선가 사이코패스에 대한 글을 읽었는데 평범한 사람들은 상상도 못할 범죄를 저지른 사람들이 평소 일상생활에서는 그야말로 하나의 결점이 없는 사람들이 보통이고, 오히려 일반 사람들보다 더 머리 회전도 빠르고 사회적으로는 모범생인 사람도 많단다. 물론 그렇게 무시무시한 일을 저지른 사람들은 일부 몇 사람에 불과할 뿐이지만 짧은 치마 입은 여성들 따라다니며 휴대폰 카메라를 들이대는 멀쩡한 회사원 같은 생각을 가진 사람들이 얼마나 많은 세상인가 말이다.

또한 길거리에서나 지하철에서 보면 아무데서나 꼭 끌어안고 있는 일부 몰지각한 아이들은 또 어떤가. 껴안고 있든 말든 뭔 상관이냐며 주의의 눈들을 전혀 의식하지 않는 걔네들의 행위는 어떻게 봐야 하는가. 단지 인문학의 잣대를 들이대지 않아도 인간은 마땅히 남들과 더불어 살아야한다고 배워 온 초등 도덕의 가치를 쓰레기통에 던져버렸는지 도대체가 이해하려 해도 이해가 안 된다.

또 누군가는 그럴 수도 있다. 시대가 어떤 시댄데 이런 케케묵은 글이나 쓰고 앉아있느냐며 그러니까 요즘 젊은 아이들이 꼰대 소리나 하지… 해도 좋다. 아무리 내가 지금 쓰고 있는 이 글이 구시대적인 생각에 의해 씌여지는 글이라 해도 좋다. 그런 공중도덕 불감증이 너무 만연되어 있는 세상이라서 나만이라도 똥오줌 구별하면서 살아가고자 이 글을 써 보는 것이다.

난 정말로 몸은 이래도 정신만은 장애자로 살기 싫다. 여태까지도 그리 살아왔다고 자부하지만 이제 얼마 남지 않은 인생이라도 남은 인생 정작 인간답게 살고자 한다. 또한 글이란 것은 말과 같아서 거짓으로 또는 뻔히 보이는 허풍으로 자신을 미화시키기도 하지만 한편으로는 자신을 재발견하는 마음의 양식 같기도 하는 것이고, 자기가 경험한 것을 쓰는 것이라서 이런

글을 통해 몸이 성치 않은 저런 사람도 저렇게 멀쩡하게 살아가고 있다는 것을 단 한 사람이라도 알아줬음 하고 이 글을 쓴다.

그것이 내가 글을 쓰는 이유이고 글을 쓰는 가치라고 생각하므로, 공인이 남들한테 설 때면 자기를 보는 사람들에게 보다 잘 보이기 위해 화장도 하는 것이고 목소리도 가다듬는 식이라 하는 것처럼.

아무튼 인문학이라는 학문이 좋다!

인간으로 태어나 살고 있으니 정말이지 인간다운 인간으로 살고 싶다. 이 땅에 사는 사람치고 문제없는 사람이 어디 있겠냐마는 최소한 나 아닌

사람에게 나로 인하여 피해주지 않고 살아야한다면 남은 인생 인문학이라는 학문에 푹 빠져보고 싶다.

하긴 인간으로 살고 있으니 인간인 것은 어쩌면 당연한 일 일 수도 있겠으나 그 인간답게 산다는 게 과연 어떤 삶인지조차 명확한 답도 없기 때문에 그저 명심보감 같은 옛 서적에서 찾아야 하나 지금 세상에 공자 왈 맹자 왈이 통하는 세상도 아니니 이렇게나마 조금은 고풍스러운 인문학에 대해서 손가락 놀이나 해보고자했다. 글로만 번지르르하다고 비판해도 좋다. 우린 다 인간이니까.

보리수아래 감성작가 공동시집
10인10색 희망의 꽃을 피우다

작은 평설
___

그대, 있음에 우리가 있소

인봉 조남선 시인

경기 남양주 출생,
「국제문예」시 부문 신인상 수상 등단.
(사)한국문인협회 문학치유위원회 위원. 서울시지회이사.
제6회 불교문학대상 수상. 강서문학상 본상 시 부문「광장시장」으로 수상.
전 국제문인협회 회장.
(現)강서구 방화동 소재 "開華寺 好禪會" 입승
(現)계간『국제문단』발행인 및 편집인
저서 :『군두쇠』『우리 꿈을 향한 불꽃』동인지 공저 外 다수 발표.
인봉 조남선 시집 :『이눔아』,『쇠똥 밭에 꽃이 피고 나비가 나네』

그대, 있음에 우리가 있소

　문학을 하는 사람을 모두 예술가라고 한다. 물론 음악, 미술, 사진, 서예, 꽃꽂이, 춤과 풍물놀이 등, 모두 예술이다. 문학예술을 장르별로 펼치면 더욱 넓어진다. 모두를 합치면 종합예술인 것이다. 편협한 사람들이 어느 한쪽만 보고 눈살을 찡그리며 비평하는 경향이 있다. 자신의 분야가 아니면 그냥 지나치면 된다. 전문성도 없이 비방을 하는 것은 곧 옹졸한 자신의 마음 상태의 불안함만을 드러내는 꼴이기 때문이다.

　특히, 타인의 글을 평가하고 비평한다는 것은, 지극히 어려운 일이며 조심해야 할 일이다. 반대로 작가는 작품을 통해 독자들에게 구두 설명이 아닌 가슴으로 느끼는 감동을 주어야 한다는 것이 여간 힘든 일이 아니다. 수필이나 콩트 그리고 소설과 같은 산문 형식의 모든 경우에도 공통적이긴 하지만, 달리 시를 쓰는 시인이라면 함축된 짧은 글에서 가슴 때리는 감동과 명확한 메시지가 있어야만 한다. 특히 독자로, 하여금 이해와 감동은 필수적이며 그러기 위해서는 작가와 독자는 공(共)히, 정서를 통한 깊고 깊은 사유(思惟)가 필수조건이다. 운율에 따라 연(聯)을 나누고, '노랫말'(가사)에 곡(曲)을 붙이면 바로 음악이 되어 가수가 노래를 부를 수 있게 되기도 한다.

　여기 최명숙 대표(시인)가 이끌어 가고 있는 "보리수 아래"라는 장애 문인들과의 소통은 물론 작품 활동까지 올해에는 문학 창작 활동과 발표를 통해 장애를 극복하고 문화적 소양을 향상, 시키고 자 하는 뜻깊은 행사를 추진해 왔다. 서로 다른 장애 작가들의 작품을 통해 천진무구(天眞無垢)한 심성에서 우러나온 아름다운 글에 감동하게 된다.

　먼저, '보리수 아래' 회원 고명숙 시인의 글 형태는 모두 산문시로 과거의 경험을 통해 얻은 느낌을 소재로 하였고 "큰오빠의 회상 하나"가 깊은 여운을 남긴다. 살면서 우리는 '허망한 것에, 집착하지 말아야 한다.'는 걸 깨닫고, 다짐하고 또 다짐한다. 세상에 존재하는 모든 것은 모두 변화무쌍하여 항상하지 않고 영원하지 않다는 것을 알며, 또한 생멸법(生滅法: 나고 죽는 법)이 역시 그렇다는 것을 잘 알아 체득하고 있기 때문일 것이다.

김영관 님의 시, "보고 싶다"와 "복잡하다 삶이"와 같은 애상(哀傷)도 빨리 지울수록 마음이 편안해진다. 지운다는 것은, 본질의 경지마저 넘어서 버리는 방법을 말함인데 그것은 오직 마음 수양이라고 하는 수행뿐이다. 삶에 있어 의문의 문제를 내는 것은, 오로지 자신이며 해결사 역할을 하는 것도 오직 자신, 뿐이다. 이를테면, 회초리를 맞은 놈이 아픔을 느껴 아는 것과 같은 이치이다.

성인제 님의 시는, 하얀 종이 위에 백설이 내려 쌓인 것처럼 순백하다. 계절을 의인화하여 아이도 만들고 애인도 만들고 희망도 이별도 만드니 그 솜씨가 자유 자재하다. 임의 독백은 푸념이 아닌 진실한 주문(呪文)이기를 간절히 빌어 본다.

성희철 시인과의 인연은 2022년 '보리수 아래' 대표 최명숙 시인과의 인연으로 부산에서 열린 성희철 시인의 북 콘서트장에서 첫 만남을 가지고서부터이다. "모범생"이란 시는 그의 두 번째 시집『내일 아침에 또 만나』中에 수록된 시로서 그의 불굴(不屈)의 강인한 의지를 대변한다고 할 수 있다. 긍정의 마음이 뿜는 에너지가 오늘날 성공의 동기요 원동력이 되었다고 볼 수 있다.

이순애 시인의 일상은 섬세한 관찰이고 사물을 보는 시각이 매우 긍정적이며 억지로라도 즐거움으로 격상시키려는 노력이 다분하다. 또한 시를 씀에 줄, 행간, 연 나누기 등을 정확히 하는 훌륭한 시인이라 여긴다.

유재필 시인의 "임의 씨앗" "부처님 소리" 등의 작품을 통해 보듯이 행복이란 스스로 찾아가는 것임을 알게 된다. 그래서 평자는 "詩는 깨달음이다."라고 설파하는 까닭인, 것이다. 모든 신앙의 궁극은 행복 추구이다.

장효성 시인은 "너, 보이지 않는"이란 시에서 자신을 몽땅 드러내 보였다. 그리고 "해바라기1"에서 다시 진정한 자신의, 삶 속을 들여다보는 지혜를 천명하고 있다. 답답함에서 빠져나오고 있다. 누구라도 "어제 같은 오늘, 오늘 같은 내일"을 살아가고 있음을 인식했으니 이제 '멍에'라는 단어에서는 과감히 벗어나기를 감히 청해 본다. 이것이 문학의 치유법인 것이다.

최유진 시인의 작품 "신발" "분명 굳고 있었다" "나무야, 나무야" 등 작품마다 안타까움이 서려 있지만, 이제는 자신이 내면을 통해 충분히 성숙함을 작품으로 드러내고 있다. 대표적인 詩로 "울지 않습니다"이지요. 어떤 극한 상황도 극복하고 '홀로서기' 할 용기와 자신이 충분히 보여서 우리는 서로 도우며 함께 공동체를 이루어야 하는 그 이유가 더욱 분명해졌다고 하겠다.

홍현승 님의 모든 시는 간절함이 들어 있는 신행 생활을 통해 낚아낸 매우 값진 결과물이기에 평자와 더불어 심심한 감사를 드린다. 한때 방황도 해보지 않았던가. 이제는 초심을 잃지 않는, 매사에 목숨을 건 작가(作家)의 정신으로 일로매진(一路邁進)하기를 간절히 기원하는 바이다. 아니 목숨을 걸지 않은 수행은 수행이 아니기 때문이다.

윤정열 작가님의 수필 "자아비판"은 말 그대로 스스로 자신을 비판하고 경책해야 마땅함에도 역설적으로 비견하여 밖을 향한 비판과 경책을 하므로 해서 어딘가 조금의 어색함이 있어 보이지만 마침내 "느림의 미학"에서 작가 본연의 삶의 미학이 여실히 드러난다. 역시 산전수전(山戰水戰)을 다 겪어보면 인생을 달관(達觀)하기 마련이다. "인문학이 밥 먹여주나?"의 후반부에 "난 정말로 몸은 이래도 정신만은 장애자로 살기 싫다."는 작가의 말에 숙연해진다.

이번의 공동작품집에 발표한 작가들은 '보리수 아래' 회원 작가들로서 모두 크고 작은 뇌 병변 장애가 있지만, 각자마다 순수하며 영(靈)이 맑고 밝아 발표된 글의 면면을 살펴보면 저절로 머리가 숙어진다. 이토록

문학의 힘이 우리의 정서와 감정, 감성을 순화시켜 병들고 고장 난 마음을 치유한다.

부디 '보리수 아래' 대표 최명숙 시인을 비롯하여, 회원 모두의 소구 소망이 두루 큰 성과 있기를 두 손 모아 축원드린다.

10인10색

2024년 07월 29일 인쇄
2024년 07월 30일 발행

지은이   고명숙 김영관 외 8명
발행인   이주현
발행처   도서출판 해조음

등 록   2002. 3. 15 제-3500호
주 소   서울 중구 필동로1길 14-6 리엔리하우스 203호
전 화   02-2279-2343
팩 스   02-2279-2406
E-mail   haejoum@naver.com

ISBN   979-11-91515-22-0   03800

값 12,000원